KB275230

사람과
사랑과
꽃과

사람과 사랑과 꽃과

나태주 시선집

OTD

세상에 보내는 연애편지

나는 열다섯 나이 무렵부터 한 여학생에게 연애편지를 쓰면서 시를 쓰기 시작한 사람이다. 시인의 출발 치고서는 매우 졸렬한 출발이지만, 그런 뒤로도 나는 계속해서 연애편지를 쓰는 심정으로 시를 썼고 그 연애편지를 세상에 보내고 또 보냈다. 처음에는 한 사람에게 쓰는 연애편지였지만 점점 대상이 넓어져 나중에는 불특정 다수에게 보내는 연애편지로 바뀌었다.

하지만 내가 보내는 연애편지는 쉽사리 답장이 오지 않았다. 한두 해가 아니라 아주 오랜 세월 동안 소식 없이 그러했다. 그래도 나는 세상에 보내는 연애편지를 멈추지 않았다. 어쩌면 그 연애편지는 답장을 받는 것보다도 쓰는 행위, 보내는 것 자체로 이미 보답을 받은 연애편지라 그런 것이었는지도 모르겠다.

이제 시인 생활 55년. 언제부턴가 내가 보낸 연애편지에 대한 답장이 세상으로부터 조금씩 오기 시작했다. 놀라운 것은 아주 아주 오래전에 보낸 연애편지까지 살아서 답장이 오는 것이었다. 이 무슨 조화란 말인가? 그렇게 답장으로 온 작품들을 모아서 낸 시집이 앞서 낸 시선집 『꽃을 보듯 너를 본다』이다.

그런데 이번에는 그 시집이 나온 뒤로 독자들로부터 많은 지지를 받은 작품들만 모아서 또 한 권의 시집을 낸다고 그런다. 번번이 송구스럽고 지나친 낭비가 아닌가 싶어 걱정이지만 출판사의 호의를 끝까지 무시할 수 없어 이렇게 시집을 내기로 했다. 나로서도 내가 쓴 시들을 모은 시집이지만 전혀 새로운 시집인 것 같은 느낌이 드는 책이다.

모쪼록 이 책에 실린 시들이 독자들에게 가서 독자들의 삶에 도움이 되었으면 좋겠다. 번번이 드리는 말씀이지만 나는 유명

한 시인보다는 유용한 시인이기를 바라는 사람이다. 이 시집 역시 유명한 시집이기보다는 유용한 시집이기를 소망한다. 시 작품은 이제 시인의 것만이 아니라 독자들의 것이기도 하다는 것을 나는 너무나도 잘 알고 있는 사람이다.

언제나 독자들과 동행하면서 숨소리 가까이 살고 싶은 나의 소망을 이 시집이 이루어 주었으면 좋겠다.

2025년 겨울에
나태주 씁니다.

차례

서문

세상에 보내는 연애편지   나태주 _ 4

1

사람 ————

슬퍼할 일을 마땅히 슬퍼하고

아름다운 사람 _ 14

친구 _ 15

딸에게 3 _ 16

바람에게 묻는다 _ 17

울던 자리 _ 18

별 _ 19

송별 2 _ 20

돌아오는 길 _ 21

자탄 _ 22

생각 속에서 _ 23

오늘도 그대는 멀리 있다 _ 24

일생 _ 25

혼자인 날 _ 26

한 사람 _ 27

우리가 마주 앉아 _ 28

아침 식탁 _ 30

완성 _ 31

내가 좋아하는 사람 _ 32

빈자리 _ 33

아끼지 마세요 _ 34

옆자리 _ 36

오늘의 약속 _ 38

전화를 걸고 있는 중 _ 40

외로운 사람 _ 42

약속 _ 43

그럼에도 불구하고 _ 44

안부 _ 46

바람이 붑니다 _ 47

이름 부르기 _ 48

부탁 _ 49

2

사랑 ———

입에 차고 가득 차면 문득

대숲 아래서 _ 52

첫눈 _ 54

멀리 _ 55

오직 사무치는 마음 하나로 _ 56

너무 쉽게 만나고 _ 58

겨울 차창 _ 59

이별 _ 60

십일월 _ 61

목소리 듣고 싶은 날 _ 62

오늘도 너를 보았다 _ 63

초라한 고백 _ 64

꽃잎 _ 65

하루만 못 봐도 _ 66

보고 싶다 _ 67

살아갈 이유 _ 68

목소리만 들어도 알지요 _ 69

사랑하는 마음 내게 있어도 _ 70

작은 마음 _ 72

그날 이후 _ 73

후회 _ 74

봄의 사람 _ 75

사랑은 언제나 서툴다 _ 76

사랑을 보낸다 _ 77

대답은 간단해요 _ 78

사랑에 답함 _ 79

희망 _ 80

소망 _ 81

내가 너를 _ 82

그래도 _ 83

너를 두고 _ 84

3

꽃 ————

누군가의 기도가 쌓여 피는

꽃들아 안녕 _ 88

밤에 피는 꽃 _ 89

서양 붓꽃 _ 90

꽃 1 _ 91

꽃 2 _ 92

꽃 3 _ 93

영산홍 _ 94

풀꽃 1 _ 95

풀꽃 2 _ 96

풀꽃 3 _ 97

목련꽃 낙화 _ 98

서로가 꽃 _ 99

앉은뱅이 꽃 _ 100

제비꽃 1 _ 101

꽃그늘 _ 102

들국화 2 _ 103

동백 _ 104

족도리꽃 _ 105

모란꽃 지네 _ 106

솔체꽃 _ 107

자목련 _ 108

수선화 _ 109

쑥부쟁이 _ 110

꽃잎 _ 112

마른 꽃 _ 113

칸나 _ 114

은방울꽃 _ 116

별처럼 꽃처럼 _ 117

서러운 봄날 _ 118

꽃 하나 노래 하나 _ 121

4

시인 ————

끝까지 남겨두는 말은

황홀극치 _ 124

묘비명 _ 126

시 1 _ 127

시 2 _ 128

시 8 _ 129

시인학교 _ 130

돌멩이 _ 131

등 너머로 훔쳐 듣는
대숲바람 소리 _ 132

그리움 _ 134

그 말 _ 135

말하고 보면 _ 136

선물 _ 137

좋다 _ 138

어떤 문장 _ 139

겨울 연가 _ 140

한밤중에 _ 142

추억의 묶음 _ 143

달밤 _ 144

아침의 생각 _ 146

초저녁의 시 _ 147

날마다 기도 _ 148

언제나 _ 149

감사 _ 150

다짐 두는 말 _ 151

풀잎을 닮기 위하여 _ 152

멀리서 빈다 _ 153

추억 _ 154

잠들기 전 기도 _ 155

유언시 ―아들에게 딸에게 _ 156

오솔길 _ 158

1

사람

슬퍼할 일을 마땅히 슬퍼하고

아름다운 사람

아름다운 사람
눈을 둘 곳이 없다
바라볼 수도 없고
그렇다고 아니 바라볼 수도 없고
그저 눈이
부시기만 한 사람.

•• 이 시는 '아름다움'을 이야기하지만, 그 아름다움이 단지 외적인 매력을 뜻하는 것이 아니라 존재 자체의 순수함, 고결함, 빛남을 말하는 듯합니다. 그래서 더 조심스럽고 더 특별하게 느껴지는 사람…… 아름다운 사람! 당신은 아름다운 그 사람을 가졌나요?

_네이버 블로그 레미

친구

해 저문 날에
급하고 힘들겠다는 소식 듣고
급하게 찾아온 한 사람
오직 이 한 사람으로
나의 마지막 하늘이 밝겠습니다
따뜻하겠습니다

오직 우정이란 이름으로.

딸에게 3

바쁘다는 핑계로 끼니 거르지 마라
공주 날씨 오늘 좋다 서울 날씨 어떠냐?
가끔은 하늘도 보며 쉬엄쉬엄 살자꾸나.

바람에게 묻는다

바람에게 묻는다
지금 그곳에는 여전히
꽃이 피었던가 달이 떴던가

바람에게 듣는다
내 그리운 사람 못 잊을 사람
아직도 나를 기다려
그곳에서 서성이고 있던가

내게 불러줬던 노래
아직도 혼자 부르며
울고 있던가.

울던 자리

여기가 셋이서 울던 자리예요
저기도 셋이서 울던 자리예요
그리고 저기는 주저앉아
기도하던 자리고요

병원 로비에서
복도에서
의자 위에서
그냥 맨바닥 위에서

준비 안 된 가족과의 헤어짐이
너무나도 힘겨워서
가장의 죽음 앞에 한꺼번에 무너져서

여러 날 그들은
비를 맞아 날 수 없는
세 마리의 산비둘기였을 것이다.

별

너무 일찍 왔거나 너무 늦게 왔거나
둘 중에 하나다
너무 빨리 떠났거나 너무 오래 남았거나
또 그 둘 중에 하나다

누군가 서둘러 떠나간 뒤
오래 남아 빛나는 반짝임이다

손이 시려 손조차 맞잡아 줄 수가 없는
애달픔
너무 멀다 너무 짧다
아무리 손을 뻗쳐도 잡히지 않는다

오래오래 살면서 부디 나
잊지 말아다오.

송별 2

그래도 마음이 있었다면
정다운 마음 좋았던 마음
때로는 그리운 마음이라도 조금 남았다면
가면서, 가면서 뒤돌아보아질 거야

그렇지만 말이야
가는 사람은 가는 사람이고
남는 사람은 남는 사람이란다
까닭이나 핑계가 따로 있을 수 없지

외롭고 아프고 쓸쓸한 것도 말이야
그것도 그 사람 몫일 뿐인 거란다.

돌아오는 길

점심 모임을 갖고 돌아오면서
짬짬이 시간
돌아오는 길에 들러 본 집이 좋았고
만난 사람은 더 좋았다

혼자서 오래 산 사람
오래 살았지만 외로움을 잘 챙겼고
그리므로 따뜻함을 잃지 않은 사람
마주 앉아 마신 향기로운 차가 좋았고
서로 웃으며 나눈 이야기는 더욱 좋았다

우리네 일생도 그렇게
끝자락이 더 좋았다고 향기로웠다고
말할 수 있었으면 참 좋겠다.

자탄

깨달은 사람이 아닌 것이
얼마나 다행스런 일인지 몰라
깨닫지 못한 사람인 것이
얼마나 더 좋은 일인지 몰라

만약 내가 깨달은 사람이었다 생각해봐
이 세상 모든 걸 알고 있는 사람이었다면
세상 살맛 꽝이지 뭐야
그건 얼마나 재미없는 일이겠냐 말야

살아도 살아도 모르는 것 천지
읽어도 읽어도 산더미같이 쌓이는 책들
아, 만나도 만나도 정다운 사람들
이 무진장, 무진장의 재미

나한테 당신!
당신한테 나!

생각 속에서

자주 만나지 못해도 우리는
생각 속에서 언제나
함께 있는 사람들

동백꽃 피고 민들레꽃 피고
줄장미꽃 피었다가 지고
단풍잎 지고
눈이 날리는 그런 날에도

조금쯤
가슴은 아프겠지만.

오늘도 그대는 멀리 있다

전화 걸면 날마다
어디 있냐고 무얼 하냐고
누구와 있냐고 또 별일 없냐고
밥은 거르지 않았는지 잠은 설치지 않았는지
묻고 또 묻는다

하기는 아침에 일어나
햇빛이 부신 걸로 보아
밤사이 별일 없긴 없었는가 보다

오늘도 그대는 멀리 있다

이제 지구 전체가 그대 몸이고 맘이다.

일생

25

사람이 한평생 살면서 가장
중요한 과업 가운데 하나는
자기 자신을 용서하고
가족들과 화해를 이루는 일

더하여 배우자한테
믿음을 얻고
자녀들한테 존경을 받는다면
그 이상 바랄 것이 없겠지

이런 것 하나 알기에도 나는
일생이 부족했다.

혼자인 날

문득 그 애가 보고 싶다
만나고 돌아갈 때면
언제나 울었다는 그 아이

눈물 그렁그렁 눈매에
어슬어슬 산그늘을
담아 갔으리라

노리끼리 오후의 햇살
맨몸 강물 위에 몸부림치는
햇살을 담아 갔으리라

지금은 어디서 누구랑
만났다 헤어지고 있을까
눈물 글썽이고 있을까.

한 사람

좋은 사람과라면
흐린 날은 흐려서 좋고
맑은 날은 맑아서 좋다고 한다

비뚤어진 장독대
장항아리들도 예뻐 보이고
깨어진 기왓장 조각까지
소중해 보인다

아, 그것이 그렇다면
오늘 나의 소망은
너에게 오직 그런
한 사람이 되고 싶은 것이다.

우리가 마주 앉아

우리가 마주 앉아
웃으며 이야기하던
그 나무에는
우리들의 숨결과
우리들의 웃음소리와
우리들의 이야기 소리가
스며 있어서,
스며 있어서,

우리가 그 나무 아래를 떠난 뒤에도,
우리가 그 나무 아래에서
웃으며 이야기했다는 사실조차
까마득 잊은 뒤에도,

해마다 봄이 되면 그 나무는
우리들의 웃음소리와
우리들의 숨결과 말소리를 되받아
싱싱하고 푸른 새잎으로 피울 것이다

서로 어우러져 사람들보다 더

스스럼없이 떠들고 웃고 까르륵대며
즐거워하고 있을 것이다
볼을 부비며 살을 부비며 어우러져
기쁨을 나누고 있을 것이다.

•• 나태주 시인의 시는 서정적이다. 깃털로 마음을 간지럽히는 듯 읽
는 이의 감성을 조심스럽게 건드린다. 인생살이에 대한 걱정이 없던
그 시절, 너와 내가 마주 앉아 웃으며 시시콜콜한 이야기 소리를 그
나무는 고스란히 나이테 속에 간직하고 있다. 깔깔거리며 웃던 너의
웃음소리와 키득거리던 나의 수줍은 작은 소리까지도 뿌리 깊숙이
양분처럼 머금고 있을지도 모른다. _네이버 블로그 리더지나

아침 식탁

밤이 가고 아침이 오는 것
그보다 더 좋은 일은 없다

하루가 잘 저물고 저녁이 오는 것
그보다 더 다행스런 일은 없다

앞에 앉아 밥을 먹어주는 한 사람
이보다 더 소중한 사람은 없다.

완성

집에 밥이 있어도 나는
아내 없으면 밥 안 먹는 사람

내가 데려다주지 않으면 아내는
서울 딸네 집에도 못 가는 사람

우리는 이렇게 함께 살면서
반편이 인간으로 완성되고 말았다.

내가 좋아하는 사람

내가 좋아하는 사람은
슬퍼할 일을 마땅히 슬퍼하고
괴로워할 일을 마땅히 괴로워하는 사람

남의 앞에 섰을 때
교만하지 않고
남의 뒤에 섰을 때
비굴하지 않은 사람

내가 좋아하는 사람은
미워할 것을 마땅히 미워하고
사랑할 것을 마땅히 사랑하는
그저 보통의 사람.

빈자리

누군가 아름답게
비워둔 자리
누군가 깨끗하게
남겨둔 자리

그 자리에 앉을 때
나도 향기가 되고
고운 새소리 되고
꽃이 됩니다

나도 누군가에게
아름답고 깨끗하게
비워둔 자리이고 싶습니다.

아끼지 마세요

좋은 것 아끼지 마세요
옷장 속에 들어 있는 새로운 옷 예쁜 옷
잔칫날 간다고 결혼식장 간다고
아끼지 마세요
그러다 그러다가 철 지나면 헌 옷 되지요

마음 또한 아끼지 마세요
마음 속에 들어 있는 사랑스런 마음 그리운 마음
정말로 좋은 사람 생기면 준다고
아끼지 마세요
그러다 그러다가 마음의 물기 마르면 노인 되지요

좋은 옷 있으면 생각날 때 입고
좋은 음식 있으면 먹고 싶을 때 먹고
좋은 음악 있으면 듣고 싶을 때 들으세요
더구나 좋은 사람 있으면
마음속에 숨겨두지 말고
마음껏 좋아하고 마음껏 그리워하세요

그리하여 때로는 얼굴 붉힐 일
눈물 글썽일 일 있다한들
그게 무슨 대수겠어요!
지금도 그대 앞에 꽃이 있고
좋은 사람이 있지 않나요
그 꽃을 마음껏 좋아하고
그 사람을 마음껏 그리워하세요.

옆자리

옆자리에 계신 것만으로도
나는 따뜻합니다

그대 숨소리만으로도
나는 행복합니다

굳이 이름을 말씀해주실 것도 없습니다
주소를 알려주실 필요도 없습니다

또한 굳이 나의 이름을 알려 하지를 마십시오
이름 없이 주소 없이 그냥 곁에

앉아 계신 따스함만으로도
그대와 나는 가득합니다

보이지 않는 그대와 나의 가슴 울렁임만으로도
우리는 황홀합니다

그리하여 인사 없이 눈짓 없이
헤어지게 됨도
우리에겐 소중한 만남입니다.

오늘의 약속

덩치 큰 이야기, 무거운 이야기는 하지 않기로 해요
조그만 이야기, 가벼운 이야기만 하기로 해요
아침에 일어나 낯선 새 한 마리가 날아가는 것을 보았다든지
길을 가다 담장 너머 아이들 떠들며 노는 소리가 들려 잠시 발을
멈췄다든지
매미 소리가 하늘 속으로 강물을 만들며 흘러가는 것을 문득 느
꼈다든지
그런 이야기들만 하기로 해요

남의 이야기, 세상 이야기는 하지 않기로 해요
우리들의 이야기, 서로의 이야기만 하기로 해요
지나간 밤 쉽게 잠이 오지 않아 애를 먹었다든지
하루 종일 보고픈 마음이 떠나지 않아 가슴이 뻐근했다든지
모처럼 개인 밤하늘 사이로 별 하나 찾아내어 숨겨놓은 소원을
빌었다든지
그런 이야기들만 하기로 해요

실은 우리들 이야기만 하기에도 시간이 많지 않은 걸 우리는 잘
알아요
그래요, 우리 멀리 떨어져 살면서도

오래 헤어져 살면서도 스스로
행복해지기로 해요
그게 오늘의 약속이에요.

전화를 걸고 있는 중

하늘 맑고 구름 높이 뜬 날이면
더욱 전화를 걸고 싶다

전화 가운데서도 핸드폰으로
멀리, 멀리 있는 사람에게
오래, 오래 잊고 살던
이름조차 가물가물한 사람을 찾아내어

잘 있느냐고
잘 있었다고
잘 있으라고
잘 있을 것이라고

아마도 나는 오늘
바람이 되고 싶고
구름이 되고 싶은가보다
가볍고 가벼운 전화 음성이 되고 싶은가보다

나는 지금 자전거를 끌고

개울 길을 따라가면서

너에게 전화를 걸고 있는 중이다.

외로운 사람

귀를 후빈다

잠에서 깨어
혼자

밤중에
혼자.

약속

내일
그 애를 다시 만나기로 했다

얼른 보고 싶어
조바심

오늘이 내일이었음

좋겠다.

그럼에도 불구하고

지금 사람들 너나없이
살기 힘들다, 지쳤다, 고달프다,
심지어 화가 난다고까지 말을 한다

그렇지만 이 대목에서도
우리가 마땅히 기댈 말과
부탁할 마음은 '그럼에도 불구하고'

그럼에도 불구하고 우리는
밥을 먹어야 하고
잠을 자야 하고 일을 해야 하고

그럼에도 불구하고 우리는
아낌없이 사랑해야 하고
조금은 더 참아낼 줄 알아야 한다

무엇보다도 소망의 끈을
놓치지 말아야 한다
기다림의 까치발을 내리지 말아야 한다

그것이 날마다 아침이 오는 까닭이고
봄과 가을 사계절이 있는 까닭이고
어린것들이 우리와 함께하는 이유이다.

안부

오래
보고 싶었다

오래
만나지 못했다

잘 있노라니
그것만 고마웠다.

•• 방 안에서 홀로 음악을 들으며 생각나는 분들이 잘 지내시는지
궁금해지는 밤. 당신의 목소리가 듣고 싶지만, 당신의 얼굴이 보고 싶
지만, 보지 못해도 만나지 못해도 잘 지내고 있다는 소식에 그것만으
로도 고마워지는 밤. _네이버 블로그 소이몽키

바람이 붑니다

바람이 붑니다
창문이 덜컹 댑니다
어느 먼 땅에서 누군가 또
나를 생각하나 봅니다

바람이 붑니다
낙엽이 굴러갑니다
어느 먼 별에서 누군가 또
나를 슬퍼하나 봅니다

춥다는 것은 내가 아직도
숨쉬고 있다는 증거
외롭다는 것은 앞으로도 내가
혼자가 아닐 거라는 약속
바람이 붑니다

창문에 불이 켜집니다
어느 먼 하늘 밖에서 누군가 한 사람
나를 위해 기도를 챙기고 있나 봅니다.

이름 부르기

순이야, 부르면
입속이 싱그러워지고
순이야, 또 부르면
가슴이 따뜻해진다

순이야, 부를 때마다
내 가슴속 풀잎은 푸르러지고
순이야, 부를 때마다
내 가슴속 나무는 튼튼해진다

너는 나의 눈빛이
다스리는 영토
나는 너의 기도로
자라나는 풀이거나 나무거나

순이야, 한 번씩 부를 때마다
너는 한 번씩 순해지고
순이야, 또 한 번씩 부를 때마다
너는 또 한 번씩 아름다워진다.

부탁

너무 멀리까지는 가지 말아라
사랑아

모습 보이는 곳까지만
목소리 들리는 곳까지만 가거라

돌아오는 길 잊을까 걱정이다
사랑아.

2

사랑

입에 차고 가득 차면 문득

대숲 아래서

1

바람은 구름을 몰고
구름은 생각을 몰고
다시 생각은 대숲을 몰고
대숲 아래 내 마음은 낙엽을 몬다

2

밤새도록 댓잎에 별빛 어리듯
그슬린 등피에는 네 얼굴이 어리고
밤 깊어 대숲에는 후둑이다 가는 밤 소나기 소리
그리고도 간간이 사운대다 가는 밤바람 소리

3

어제는 보고 싶다 편지 쓰고
어젯밤 꿈엔 너를 만나 쓰러져 울었다
자고 나니 눈두덩엔 메마른 눈물 자국,
문을 여니 산골엔 실비단 안개

4

모두가 내 것만은 아닌 가을,

해 지는 서녘 구름만이 내 차지다

동구 밖에 떠드는 애들의

소리만이 내 차지다

또한 동구 밖에서부터 피어오르는

밤안개만이 내 차지다

하기는 모두가 내 것만은 아닌 것도 아닌

이 가을,

저녁밥 일찍이 먹고

우물가에 산보 나온

달님만이 내 차지다

물에 빠져 머리칼 헹구는

달님만이 내 차지다.

•• 대숲 아래서의 경험은 단지 자연을 바라보는 것이 아니라 그 속에서 나를 발견하는 과정이다. 잊고 지낸 기억들과 그리움이 다시 떠오르며, 자연이 우리에게 주는 위로와 치유의 힘을 느끼게 한다.

대숲의 풍경을 넘어 우리의 마음속에서 울리는 소리를 들려주는 작품이다. 가을날의 대숲처럼 이 시는 조용히 다가와 우리의 마음 한구석을 어루만지며 정화의 물결을 던져준다. _네이버 블로그 밀크티

첫눈

요즘 며칠 너 보지 못해
목이 말랐다

어젯밤에도 깜깜한 밤
보고 싶은 마음에
더욱 깜깜한 마음이었다

몇 날 며칠 보고 싶어
목이 말랐던 마음
깜깜한 마음이
눈이 되어 내렸다

네 하얀 마음이 나를
감싸 안았다.

멀리

내가 한숨 쉬고 있을 때
저도 한숨 쉬고 있으리
꽃을 보며 생각한다

내가 울고 있을 때
저도 울고 있으리
달을 보며 생각한다

내가 그리운 마음일 때
저도 그리운 마음이리
별을 보며 생각한다

너는 지금 거기
나는 지금 여기.

오직 사무치는 마음 하나로

당신은 기억하고 있는지요?
당신에게도 누군가 한 사람
가슴 속 깊이 숨겨두고
생각하고 또 사랑했던 시절이
분명히 있었음을

비록 그 일이 부질없는 일이고
허망한 일일지라도
우리가 기꺼이 그 일에
몸을 바쳐 한세월을 살고
마음 아파하기도 했다는 것을

그 시절 우리는 누구나
한 사람씩 푸른 가슴의 시인이었고
소년이었으며 소녀였지요
오직 사무치는 마음 하나로
스스로 바람이고 꽃이었지요

부디 잊지 마시기 바래요
우리가 시인이고 사랑일 때

세상은 오직 우리 것이었고
우리 또한 세상 그것이었다는 것을
오늘따라 당신이 많이 보고 싶어요.

•• 마음속에만 있어 '오직 사무치는 마음 하나로' 달뜨게 했고 '부질
없고 허망함'에 마음 아파했던 소년이었고 소녀였던 그 시절의 추억은
저마다 다른 모양으로 아름답게만 기억됩니다.
그래서 말입니다. "오늘따라 당신이 많이 보고 싶어요" 속의 당신은
과연 누구일지, 그 추억의 한 페이지를 꺼내어 볼 수 있다면 그 빛깔
은 어떠할지 궁금해집니다. _네이버 블로그 푸른들녘

너무 쉽게 만나고

너무 쉽게 만나고
너무 쉽게 헤어지는
우리의 사랑

너무나 바쁘고
너무나 성급한
우리의 나날

사람들아 사람들아
그리워할 사람을 오래오래 그리워하고
눈물겨워할 것을 뜨겁게 눈물겨워하자

서러워할 것을 서러워하고
우리 차지로 온 쓴 잔을
마다하여 돌리지 말자.

겨울 차창

너의 생각 가슴에 안으면
겨울도 봄이다
웃고 있는 너를 생각하면
겨울도 꽃이 핀다

어쩌면 좋으냐
이러한 거짓말
이러한 거짓말이 아직도
나에게 유효하고
좋기만 한 걸

지금은 이른 아침
청주 가는 길
차창가에 자욱한 겨울 안개
안개 뒤에 옷 벗은
겨울나무들

왜 오늘따라 겨울 안개와
겨울나무가 저토록 정답고
가슴 가까이 다가오는 것이냐.

이별

지구라는 별
오늘이라는 하루
두 번 다시 만나지 못할
정다운 사람인 너

네 앞에 있는 나는 지금
울고 있는 거냐?
웃고 있는 거냐?

십일월

돌아가기엔 이미 너무 많이 와버렸고
버리기에는 차마 아까운 시간입니다

어디선가 서리 맞은 어린 장미 한 송이
피를 문 입술로 이쪽을 보고 있을 것만 같습니다

낮이 조금 더 짧아졌습니다
더욱 그대를 사랑해야 하겠습니다.

•• 아직 가을의 낭만을 떠나보내고 싶지 않은 이들에게 나태주 시
인의 시 「십일월」은 특별한 위로가 되어준다. 그저 말로는 표현하기
어려운, 가을과 겨울 사이 그 미묘한 순간을 포착해 주는 듯한 이 시
는 마치 "잠깐, 아직 가을을 보내기엔 이르지 않나?" 하고 묻는 것 같
다. _네이버 블로그 로라의 행복한 상상

목소리 듣고 싶은 날

오늘은 내가 우울한 날
조금은 쓸쓸한 날
네 목소리라도
듣고 싶었는데
목소리 들려줘서 고마워

비가 오고 흐린 날이지만
파란 하늘빛 같은 목소리
비 맞고 새로 일어서는
풀잎 같은 목소리
들려줘서 고마워

그래 다시 나도 파아란 하늘빛이
되어보는 거야
초록의 풀잎으로 다시
일어서 보는 거야.

오늘도 너를 보았다

오늘도 너를 보았다
여적 한 번도 보지 못한 어깨걸이
빨강색 가방을 메고
걸어가는 너를 보았다

무슨 즐거운 일이 있는지
친구와 웃으며 너는 걸어가고 있었다
너를 보았으므로 오늘 하루도
나에겐 뜻깊고 보람 있는 하루가 될 것이다
오늘밤 꿈 속에서 나는 또 너를
너도 모르게 만날 것이다.

초라한 고백

내가 가진 것을 주었을 때
사람들은 좋아한다

여러 개 가운데 하나를
주었을 때보다
하나 가운데 하나를 주었을 때
더욱 좋아한다

오늘 내가 너에게 주는 마음은
그 하나 가운데 오직 하나
부디 아무 데나 함부로
버리지는 말아다오.

꽃잎

활짝 핀 꽃나무 아래서
우리는 만나서 웃었다

눈이 꽃잎이었고
이마가 꽃잎이었고
입술이 꽃잎이었다

우리는 술을 마셨다
눈물을 글썽이기도 했다

사진을 찍고
그날 그렇게 우리는
헤어졌다

돌아와 사진을 빼보니
꽃잎만 찍혀 있었다.

하루만 못 봐도

하루만 못 봐도
너 지금 어디서 뭐 하고 있니?
붉은 꽃을 보고 말하고
하얀 꽃을 보고 말한다

붉은 꽃은 보고 싶은 마음
하얀 꽃은 그리운 마음
네 앞에 있는 꽃을 좀 봐
꽃 속에 내 마음이 있을 거야

너 지금 어디서 뭐 하고 있지?

•• 어느 날 늘 곁에 있던 당신이 보이지 않는다면 나는 금세 당신 생
각으로 좌불안석이다. 도란도란 꽃 이야기로 설레던 시간……. 혼자서
뜰 안을 걸으며 곱게 핀 붉은 장미를 보면 네가 보고 싶어진다. 들길
을 걸으며 흐드러지게 핀 하얀 개망초꽃들을 보면 네가 그리워진다.
너 지금 어디서 뭐 하고 있는 거니…… _네이버 블로그 빙카

보고 싶다

보고 싶다,
너를 보고 싶다는 생각이
가슴에 차고 가득 차면 문득
너는 내 앞에 나타나고
어둠 속에 촛불 켜지듯
너는 내 앞에 나와서 웃고

보고 싶었다,
너를 보고 싶었다는 말이
입에 차고 가득 차면 문득
너는 나무 아래서 나를 기다린다
내가 지나는 길목에서
풀잎 되어 햇빛 되어 나를 기다린다.

살아갈 이유

너를 생각하면 화들짝
잠에서 깨어난다
힘이 솟는다

너를 생각하면 세상 살
용기가 생기고
하늘이 더욱 파랗게 보인다

너의 얼굴을 떠올리면
나의 가슴은 따뜻해지고
너의 목소리를 떠올리면
나의 가슴은 즐거워진다

그래, 눈 한 번 질끈 감고
하나님께 죄 한 번 짓자!
이것이 이 봄에 또 살아갈 이유다.

목소리만 들어도 알지요

목소리만 들어도 알지요
당신의 기분이 어떤지
지금 무얼 하고 있는지
누구랑 함께 있는 건지

오늘의 밝고 둥글고 환한 목소리 좋았어요
지구를 한 바퀴 돌아서 오는 듯한
아름다운 노랫소리 정다운 숨소리
비비대는 귀여운 새소리였어요

당신 목소리가 나에게는 삶의 환희예요
산속에 숨어 흐르는 맑은 시냇물 소리예요
때로는 보고 싶어 가슴이 타오르는
그리움의 뭉게구름이기도 하구요

그래도 당신 목소리는 나에게 샘물이에요
보고 싶은 마음 그리워 애타는 마음
달래주는 시원한 한 모금 샘물이에요
끊임없이 듣고 싶은 음악이구요.

사랑하는 마음 내게 있어도

사랑하는 마음
내게 있어도
사랑한다는 말
차마 건네지 못하고 삽니다
사랑한다는 그 말 끝까지
감당할 수 없기 때문

모진 마음
내게 있어도
모진 말
차마 하지 못하고 삽니다
나도 모진 말 남들한테 들으면
오래오래 잊혀지지 않기 때문

외롭고 슬픈 마음
내게 있어도
외롭고 슬프다는 말
차마 하지 못하고 삽니다
외롭고 슬픈 말 남들한테 들으면
나도 덩달아 외롭고 슬퍼지기 때문

사랑하는 마음을 아끼며
삽니다
모진 마음을 달래며
삽니다
될수록 외롭고 슬픈 마음을
숨기며 삽니다.

작은 마음

너 지금 어디쯤 가고 있니?
너 지금 누구하고 있니?
너 지금 무엇 하고 있니?

너 지금 어디서 누구하고
무엇을 하든지 네가
너이기 바란다

너처럼 말하고 너처럼 웃고
너를 좋아하는 사람들이랑
너처럼 잘 살기 바란다

이것이 나의 뜻
너를 사랑하는 나의
작은 마음이란다.

그날 이후

우뚝하니 커 보이던 당신
작아 보이고
많이 반짝이던 당신
흐릿하게 보이기 시작하면서
당신이 더욱 좋아졌습니다

이제는 내 가슴속에 들어와
둥지 틀고 살면서
숨을 쉬고 있는 당신
나가라는 말 하지 못함을
당신도 이미 잘 아는 일입니다.

후회

이담에 이담에 나는 너에게
사랑한다는 말을 너무 여러 번 한 것을
후회할 것이고

너는 한 번도 나에게
사랑한다는 말을 하지 않은 것을
후회할지도 모른다.

•• 이담에 나는 사랑한다고 너무 많이 이야기하는 쪽을 택해 볼란
다. 오늘도 우리 딸에게 사랑해 오백 번, 아니다 열 번만 말해야지. 다
큰 딸 기절하겄네. _네이버 블로그 보라색장미

봄의 사람

내 인생의 봄은 갔어도
네가 있으니
나는 여전히 봄의 사람

너를 생각하면
가슴속에 새싹이 돋아나
연초록빛 야들야들한 새싹

너를 떠올리면
마음속에 꽃이 피어나
분홍빛 몽글몽글한 꽃송이

네가 사는 세상이 좋아
너를 생각하는 내가 좋아
내가 숨 쉬는 네가 좋아.

사랑은 언제나 서툴다

서툴지 않은 사랑은 이미
사랑이 아니다
어제 보고 오늘 보아도
서툴고 새로운 너의 얼굴

낯설지 않은 사랑은 이미
사랑이 아니다
금방 듣고 또 들어도
낯설고 새로운 너의 목소리

어디서 이 사람을 보았든가……
이 목소리 들었든가……
서툰 것만이 사랑이다
낯선 것만이 사랑이다

오늘도 너는 내 앞에서
다시 한번 태어나고
오늘도 나는 네 앞에서
다시 한번 죽는다.

사랑을 보낸다

그래 좋아
거기서 너 좋아라
좋은 바람과 놀고
좋은 햇빛과 놀고
나무가 있다면 그 또한
좋은 나무
좋은 나무 그늘 아래
너도 좋은 나무 되어
나무처럼 푸르게 싱싱하게
숨 쉬며 살아라
네가 좋아하는 사람들과 어울려
예쁘게 살아라
그게 내 사랑이란다.

대답은 간단해요

당신, 내 앞에 있을 때가 제일 예뻐요
웃는 얼굴도 예쁘고
찡그린 얼굴까지 예뻐요

대답은 간단해요
내가 당신을 사랑하고 있기 때문이에요
내가 당신을 사랑하는 것 당신도
알고 있기 때문이에요

나도 당신 앞에 섰을 때가 가장
마음 편하고 즐거워요 당당해요
그 또한 당신이 나를 사랑한다는 걸
내가 마음속으로 잘 알고 있기 때문이겠지요.

사랑에 답함

예쁘지 않은 것을 예쁘게
보아주는 것이 사랑이다

좋지 않은 것을 좋게
생각해주는 것이 사랑이다

싫은 것도 잘 참아주면서
처음만 그런 것이 아니라

나중까지 아주 나중까지
그렇게 하는 것이 사랑이다.

희망

그대 만나러 갈 땐
그대 만날 희망으로
숨 쉬고

그대 만나고 돌아올 땐
그대 다시 만날 날을 기다리는
희망으로 또한 나는
숨 쉽니다.

소망

가을은 하늘을 우러러
보아야 하는 시절

거기 네가 있었음 좋겠다

맑은 웃음 머금은
네가 있었음 좋겠다.

•• 날마다 하늘을 봤다. 예뻐서 보고, 흐려서 보고, 비 와서 보고,
그리워서 보고, 눈물 나서 보고, 좋아서 보고……. 그랬다…….
_네이버 블로그 야마마

내가 너를

내가 너를
얼마나 좋아하는지
너는 몰라도 된다

너를 좋아하는 마음은
오로지 나의 것이요,
나의 그리움은
나 혼자만의 것으로도
차고 넘치니까……

나는 이제
너 없이도 너를
좋아할 수 있다.

그래도

사랑했다
좋았다
헤어졌다
그래도 고마웠다

네가 나를 버리는 바람에
내가 나를 더
사랑할 수 있었다.

너를 두고

세상에 와서
내가 하는 말 가운데서
가장 고운 말을
너에게 들려주고 싶다

세상에 와서
내가 가진 생각 가운데서
가장 예쁜 생각을
너에게 주고 싶다

세상에 와서
내가 할 수 있는 표정 가운데
가장 좋은 표정을
너에게 보이고 싶다

이것이 내가 너를
사랑하는 진정한 이유
나 스스로 네 앞에서 가장
좋은 사람이 되고 싶은 소망이다.

•• 나태주 시인의 시는 화려한 수식어 없이도 잊고 지냈던 반짝이는 마음들을 포착해낸다. 사랑하는 사람에게 전하고 싶은 고운 말, 예쁜 생각, 좋은 표정에 대한 바람뿐 아니라 좋은 사람이 되고 싶다는 시가 참 많은 생각을 하게 한다. _네이버 블로그 지구세상

3

꽃

누군가의 기도가 쌓여 피는

꽃들아 안녕

꽃들에게 인사할 때
꽃들아 안녕!

전체 꽃들에게
한꺼번에 인사를
해서는 안 된다

꽃송이 하나하나에게
눈을 맞추며
꽃들아 안녕! 안녕!

그렇게 인사함이
백번 옳다.

밤에 피는 꽃

와!
밤에 핀 꽃이라니!

하늘의 별들이 모두 내려와
나무에 걸렸나 보다

짝! 짝! 짝!
별들이 손뼉 치는
소리도 들린다.

서양 붓꽃

거짓말인 줄 알면서도
눈물 납니다

꽃이 진다고 세상이
달라질 것도 없는데

가슴이 미어집니다.

꽃 1

예쁘다는 말을
가볍게 삼켰다

안쓰럽다는 말을
꿀꺽 삼켰다

사랑한다는 말을
어렵게 삼켰다

섭섭하다, 안타깝다,
답답하다는 말을 또 여러 번
목구멍으로 넘겼다

그러고서 그는 스스로 꽃이 되기로 작정했다.

꽃 2

예뻐서가 아니다
잘나서가 아니다
많은 것을 가져서도 아니다
다만 너이기 때문에
네가 너이기 때문에
보고 싶은 것이고 사랑스런 것이고 안쓰러운 것이고
끝내 가슴에 못이 되어 박히는 것이다
이유는 없다
있다면 오직 한 가지
네가 너라는 사실!
네가 너이기 때문에
소중한 것이고 아름다운 것이고
사랑스런 것이고 가득한 것이다
꽃이여, 오래 그렇게 있거라.

꽃 3

아무렇게나 저절로
피는 꽃은 없다

누군가의 억울함과 슬픔과
기도가 쌓여 피는 꽃

그렇다면 산도 바다도
강물도

하늘과 땅의 억울함과 슬픔과
기도로 피어나는 꽃일 것이다.

영산홍

네가 좀 더 보고 싶지 않아졌으면 좋겠다

바람에 부대끼다가
통째로 모가지 떨구고
모래밭에 뒹구는
붉은 꽃들의 허물

나도 너에게 좀 더 가벼운 사람이었으면 좋겠다.

풀꽃 1

자세히 보아야
예쁘다

오래 보아야
사랑스럽다

너도 그렇다.

•• 간결한데 단어 하나하나 너무 예쁘죠. 특히 마지막 '너도 그렇다'
는 행이 가장 다정하게 다가옵니다. 마음을 포근하게 감싸주는 것 같
아요. 나태주 시인의 시는 늘 편안하게 다가옵니다. 번잡스러운 세상
속에서 잠시 마음을 멈추고 무언가를 충분히, 깊게 바라볼 수 있는
시선을 선물하곤 해요. _네이버 블로그 책읽는리니의 취향책방

풀꽃 2

이름을 알고 나면 이웃이 되고
색깔을 알고 나면 친구가 되고
모양을 알고 나면 연인이 된다
아, 이것은 비밀.

풀꽃 3

기죽지 말고 살아 봐

꽃 피워 봐

참 좋아.

•• 비록 지금은 힘들고 주변과 비교하며 좌절할 수도 있지만, 조금씩 배우고 성장해 나가는 모습은 이미 충분히 값지고 아름답다. 오늘의 작은 도전이 내일의 큰 기회를 만든다는 믿음을 잊지 말자. 그래서 언젠가 자신만의 꽃이 활짝 피는 순간, 스스로에게 당당히 말할 수 있을 것이다. _네이버 블로그 인문학 토크

목련꽃 낙화

너 내게서 떠나는 날
꽃이 피는 날이었으면 좋겠네
꽃 가운데서도 목련꽃
하늘과 땅 위에 새하얀 꽃등
밝히듯 피어오른 그런
봄날이었으면 좋겠네

너 내게서 떠나는 날
나 울지 않았으면 좋겠네
잘 갔다 오라고 다녀오라고
하루치기 여행을 떠나는 사람
가볍게 손 흔들듯 그렇게
떠나보냈으면 좋겠네

그렇다 해도 정말
마음속에서는 너도 모르게
꽃이 지고 있겠지
새하얀 목련꽃 흐득흐득
울음 삼키듯 땅바닥으로
떨어져 내려앉겠지.

서로가 꽃

우리는 서로가
꽃이고 기도다

나 없을 때 너
보고 싶었지?
생각 많이 났지?

나 아플 때 너
걱정됐지?
기도하고 싶었지?

그건 나도 그래
우리는 서로가
기도이고 꽃이다.

앉은뱅이 꽃

발밑에 가여운 것
밟지 마라,
그 꽃 밟으면 귀양 간단다
그 꽃 밟으면 죄 받는단다.

•• 할머니께서는 뜨거운 물도 개수구에 함부로 버리지 못하게 하셨습니다. 아귀라는 귀신이 입을 벌리고 있다가 데일 수 있다는 생각도 하셨겠지만, 그보다는 무언가 그곳에 있을지도 모르는 생명이 다치지 않게 하려는 배려였을 것입니다. 길을 걷거나 산책할 때 아무 생각 없이 밟아 버리는 가여운 것들이 있지나 않은지, 말이나 행동을 하기 전이로 인해 상처받는 사람은 없는지 한 번 더 생각하고 살펴보며 조심해야겠습니다. _네이버 블로그 푸른들녘

제비꽃 1

그대 떠난 자리에
나 혼자 남아
쓸쓸한 날
제비꽃이 피었습니다
다른 날보다 더 예쁘게
피었습니다.

꽃그늘

아이한테 물었다

이담에 나 죽으면
찾아와 울어줄 거지?

대답 대신 아이는
눈물 고인 두 눈을 보여주었다.

들국화 2

바람 부는 등성이에
혼자 올라서
두고 온 옛날은
생각 말자고,
아주 아주 생각 말자고,

갈꽃 핀 등성이에
혼자 올라서
두고 온 옛날은
잊었노라고,
아주 아주 잊었노라고

구름이 헤적이는
하늘을 보며
어느 사이
두 눈에 고이는 눈물,
꽃잎에 젖는 이슬.

동백

짧게 피었다 지기에
꽃이다

잠시 머물다 가기에
사랑이다

눈보라 먼지바람 속
피를 삼킨 통곡이여.

족도리꽃

보고 싶은 마음 울컥
연락 없이 찾아갔더니

주인은 외출 중
대문은 잠겨 있고

바깥마당 화단에
집주인의 마음인 양

족도리꽃 두어 그루
피어 있었네

왕관초라고도
불리는 그 꽃

소낙비 맞고 더욱
예쁘게 피어 있었네.

모란꽃 지네

모란꽃 지네 퍼얼럭
한 잔의 손수건 내려앉듯이
바람도 없는데 춤을 추면서

모란꽃 좋아 모란꽃
언제까지고 그렇게
피어있을 줄 알았더니만

잠시 한눈파는 사이
딴생각하는 사이
모란꽃 지네 퍼얼럭

사랑도 그렇게 떠나가리라
모란꽃 사라진 뜨락
빈 가지에 가득한 적막, 그리움이여.

솔체꽃

봄빛 속에서도
나는 손이 시립다

밝은 대낮에도
가슴은 엷은 보랏빛

손잡아 다오
손을 좀 잡아 주세요

마주 잡는 그 손도
차갑기는 마찬가지

밤새워 울면서
꽃수라도 놓았나 보다.

자목련

낙타 눈물에 어린
자줏빛 노을

그렁그렁 종소리라도
들릴 듯

아라베스크 문양
비단치맛자락

스치듯 소리라도
들릴 듯

머나먼 향기는 또 그렇게
가까이에 있었다.

수선화

아무도 알아주지 않아도 괜찮다

아무도 칭찬해주지 않아도 괜찮다

봄날, 햇빛 아래 그냥 피었다 지면 된다

바람 불어 꽃잎 흩날리면 그것으로 족하다

누구나 다 행복할 필요는 없다

누구나 다 기쁠 필요도 없다

나는 나대로 피었다 지면 된다

수선화처럼.

쑥부쟁이

개울을 거슬러
거슬러 올라오시오

외다리 짚고 서서
고기 찍고 있는 해오라기
두어 마리 만날 수 있을 거요

더 위로 거슬러
거슬러 올라 오시오

고삐에 매여서도
마른 풀잎 씹고 있는
누렁소 한 마리
검정 염소 또 몇 마리
만날 수 있을 거요

물소리 높아졌다가
자지라 지는 곳쯤에서
나를 찾으시오

서리 내린 뒤에도
하늘 향해 웃고 있는
연보랏빛 쑥부쟁이
몇 송이, 그게 나요

나한테 하고 싶었던
말씀 있거든
그 쑥부쟁이한테
놓고 가시구려

쑥부쟁이 바람에
고개를 흔들거든
당신의 말씀
알아들은 줄
아시고요.

꽃잎

철없음이여 당당함이여
함부로 여기저기 아무렇게나
흩어진 입술들이여

니들이 말하는 것은 무엇이든
사랑이 되고 노래가 되고
영원이 되지만

때로는 죽음, 깜깜한
적막이 되기도 한다
두려운 벼랑이 되기도 한다.

마른 꽃

가겠다는 말
차마 하지 못하고

헤어지자는 말
더더욱 하지 못하고

망설이고만 있다가
더듬거리고만 있다가

차마 이루지 못한 말로
굳어지고 말았다

고개를 꺾은 채
모습 감추지도 못한 채.

칸나

어디로 가야 너를 만날 수 있을까
꽃들은 시들고
나뭇잎은 나무에서
내려오기 시작하는데

뜨락의 저 붉은 칸나
시들 때 시들지 못하는
초록빛 너른 치마
저 붉은 입술, 입술

떠날 때 떠나지 못하는
누군가의 슬픔이여
잊을 것을 잊지 못하는
안쓰러운 목숨이여

어디로 가면 너를 다시 만날 수 있을까
이 가을에 이 가을,
이 가을에.

•• 새빨간 칸나 꽃을 보면 사랑이나 열정 같은 것이 먼저 떠오르지
만, 꽃말은 '행복한 종말'이라 의외라고 생각했던 기억이 있다. 하지만
시인은 사랑도 열정도 아닌 슬픔을 떠올렸다는 것이 새롭다. 질 때 지
지 못하는 꽃의 마음은 어떤 것일까. _네이버 블로그 사과케일

은방울꽃

누군가 혼자서 기다리다
돌아간 자리
은방울꽃 숨어서
남몰래 지네

밤마다 밤마다
달빛에 머리 감고
찬란한 아침이면
햇빛에 몸을 씻고

누군가 혼자서 울다가 떠나간 자리
어여뻐라 산골 아씨
또다시 왔네.

별처럼 꽃처럼

별처럼 꽃처럼 하늘에 달과 해처럼
아아, 바람에 흔들리는 조그만 나뭇잎처럼
곱게곱게 숨을 쉬며 고운 세상 살다가리니,
나는 너의 바람막이 팔을 벌려 예 섰으마.

•• 거리를 걷다 보면 작은 꽃 한 송이에 지쳐 있던 마음이 조금은
풀리는 것 같아 그 조용한 위로가 참 고맙다. 나태주의 시는 마치 오
랜 친구가 건네는 다정한 인사처럼 다가오기도 하며 바쁜 일상 속에
서도 문득 펼쳐 보면 작은 쉼표가 되어주기도 한다.
_네이버 블로그 아롱콤마

서러운 봄날

꽃이 피면 어떻게 하나요
또다시 꽃이 피면 나는
어찌하나요

밥을 먹으면서도 눈물이 나고
술을 마시면서도 나는
눈물이 납니다

에그 나 같은 것도 사람이라고
세상에 태어나서 여전히 숨을 쉬고
밥도 먹고 술도 마시는구나 생각하니
내가 불쌍해져서 눈물이 납니다

비틀걸음 멈춰 발밑을 좀 보아요
앉은뱅이걸음 무릎걸음으로 어느새
키 낮은 봄 풀들이 밀려와
초록의 주단방석을 깔려 합니다

일희일비,
조그만 일에도 기쁘다 말하고

조그만 일에도 슬프다 말하는 세상
그러나 기쁜 일보다는
슬픈 일이 많기 마련인 나의 세상

어느 날 밤늦도록 친구와 술 퍼마시고
집에 돌아와 주정을 하고
아침밥도 얻어먹지 못하고 집을 나와
새소리를 들으며 알게 됩니다

봄마다 이렇게 서러운 것은
아직도 내가 살아 있는
목숨이라서 그렇다는 것을
햇빛이 너무 부시고 새소리가
너무 고와서 그렇다는 걸 알게 됩니다

살아 있다는 것만으로도
아, 그것은 얼마나
고마운 일이겠는지요……

꽃이 피면 어떻게 하나요
또다시 세상에 꽃 잔치가 벌어지면
나는 눈물이 나서 어찌하나요.

꽃 하나 노래 하나

꽃 하나 찾으려고 세상에 왔다가
노래 하나 얻으려고 세상 헤매다가

꽃도 노래도 찾지 못하고
나는 여기 땅바닥에 주저앉아

발부비며 울고 있습니다
그대여 나를 데려가 주세요.

4

시인

끝까지 남겨두는 말은

황홀극치

황홀, 눈부심
좋아서 어쩔 줄 몰라 함
좋아서 까무러칠 것 같음
어쨌든 좋아서 죽겠음

해 뜨는 것이 황홀이고
해 지는 것이 황홀이고
새 우는 것 꽃 피는 것 황홀이고
강물이 꼬리를 흔들며 바다에
이르는 것 황홀이다

그렇지, 무엇보다
바다 울렁임, 일파만파, 그곳의 노을,
빠져 죽어버리고 싶은 충동이 황홀이다

아니다, 내 앞에
웃고 있는 네가 황홀, 황홀의 극치다

도대체 너는 어디서 온 거냐?
어떻게 온 거냐?

왜 온 거냐?

천 년 전 약속이나 이루려는 듯.

묘비명

많이 보고 싶겠지만
조금만 참자.

•• 화자는 묘비명으로 자신이 어떻게 살았는지에 대한 말보단 자신을 그리워하는 사람들에게 전할 말을 선택했다. 그리고 조금만 참으라고 말하며 훗날 다시 만날 것을 기약하고, 심지어는 다시 만나는 일을 당연시하고 있다. 이는 내세에 대한 화자의 확신을 바탕으로 하고 있는데, 결국 별다른 노력을 하지 않아도 필연적으로 다시 만나게 될 것임을 암시하고 있다. 그러니 당장은 그리움의 감정을 잠시 접어두고 눈앞의 현실에 충실하라는 의미를 내포한다. _네이버 블로그 비니

시 1

마당을 쓸었습니다
지구 한 모퉁이가 깨끗해졌습니다

꽃 한 송이 피었습니다
지구 한 모퉁이가 아름다워졌습니다

마음속에 시 하나 싹텄습니다
지구 한 모퉁이가 밝아졌습니다

나는 지금 그대를 사랑합니다
지구 한 모퉁이가 더욱 깨끗해지고
아름다워졌습니다.

시 2

그냥 줍는 것이다

길거라니 사람들 사이에
버려진 채 빛나는
마음의 보석들.

시 8

만나기는 한나절이었지만
잊기에는 평생도 모자랐다.

남의 외로움 사 줄 생각은 하지 않고
제 외로움만 사 달라 조른다
모두가 외로움의 보따리장수.

돌멩이

흐르는 맑은 물결 속에 잠겨
보일 듯 말 듯 일렁이는
얼룩무늬 돌멩이 하나
돌아가는 길에 가져가야지
집어 올려 바위 위에
놓아두고 잠시
다른 볼일 보고 돌아와
찾으려니 도무지
어느 자리에 두었는지
찾을 수가 없다

혹시 그 돌멩이, 나 아니었을까?

등 너머로 훔쳐 듣는 대숲바람 소리

등 너머로 훔쳐 듣는 남의 집 대숲바람 소리 속에는
밤 사이 내려와 놀던 초록별들의
퍼렇게 멍든 날개죽지가 떨어져 있다
어린 날 뒤울안에서
매 맞고 혼자 숨어 울던 눈물의 찌꺼기가
비칠비칠 아직도 거기 남아 빛나고 있다

심청이네 집 심청이
빌어먹으러 나가고
심봉사 혼자 앉아
날무처럼 끄들끄들 졸고 있는 툇마루 끝에
개다리소반 위 비인 상사발에,
마음만 부자로 쌓여 주던 그 햇살이
다시 눈 트고 있다, 다시 눈 트고 있다
장 승상네 참대밭의 우레소리도
다시 무너져서 내게로 달려오고 있다

등 너머로 훔쳐 듣는
남의 집 대숲바람 소리 속에는
내 어린 날 여름 냇가에서

손바닥 벌려 잡다 놓쳐 버린

발가벗은 햇살의 그 반쪽이

앞질러 달려와서 기다리며

저 혼자 심심해 반짝이고 있다

저 혼자 심심해 물구나무 서 보이고 있다.

그리움

가지 말라는데 가고 싶은 길이 있다
만나지 말자면서 만나고 싶은 사람이 있다
하지 말라면 더욱 해보고 싶은 일이 있다

그것이 인생이고 그리움
바로 너다.

•• 인간에게 예술이라는 것이 삶의 행복과 긍정적 의미를 부여하는
것에 그 존재의 의미가 있다고 한다면 나태주의 시들이 이에 딱 들어
맞는 것이 아닐까 한다. 쉬운 언어로 누구나 공감할 수 있는 시, 그것
이 바로 시인 나태주의 시이다. _네이버 블로그 목가적일상추구

그 말

보고 싶었다
많이 생각이 났다

그러면서도 끝까지
남겨두는 말은
사랑한다
너를 사랑한다

입속에 남아서 그 말
꽃이 되고
향기가 되고
노래가 되기를 바란다.

말하고 보면

말하고 보면 벌써
변하고 마는 사람의 마음

말하지 않아도 네가
내 마음 알아줄 때까지

내 마음이 저 나무
저 흰 구름에 스밀 때까지

나는 아무래도 이렇게
서 있을 수밖엔 없다.

선물

하늘 아래 내가 받은
가장 커다란 선물은
오늘입니다

오늘 받은 선물 가운데서도
가장 아름다운 선물은
당신입니다

당신 나지막한 목소리와
웃는 얼굴, 콧노래 한 구절이면
한아름 바다를 안은 듯한 기쁨이겠습니다.

좋다

좋아요
좋다고 하니까 나도 좋다.

•• 이 시는 '좋다'는 단순한 말 안에 담긴 관계와 마음의 교감을 담아냅니다. 누군가가 '좋아요'라고 말하니, 나도 이유 없이 '좋다'고 느끼는 것! 이것은 사랑, 우정, 공감 같은 감정의 순수한 전달입니다. 말이 간단해서 더욱 진심처럼 느껴지고, 상대의 감정이 내 감정에 영향을 줄 만큼 가까운 사이임이 드러납니다. 이 시를 읽고 나면 누군가에게 '좋다고 말해줘서 고마워'라는 말이 하고 싶어집니다.

_네이버 블로그 레미

어떤 문장

보고 싶다
보고 싶었다

내 일생을 요약하는
두 줄의 문장

말하고 나면 마음이
조금 풀리고

네가 내 앞에 와
웃어주기도 했었다.

겨울 연가

한겨울에 하도 심심해
도로 찾아 꺼내 보는
당신의 눈썹 한 켤레
지난여름 아무리 찾아도 찾을 수 없던 그것들

움쩍 못하게 얼어붙은
저승의 이빨 사이
저 건너 하늘의 한복판에

간혹 매운 바람이 걸어놓고 가는
당신의 빛나는 알몸
아무리 헤쳐도 헤쳐도
보이지 않던 그 속살의 깊이

숙였던 이마를 들어 보일 때
눈물에 망가진 눈두덩이
그래서 더욱 당신의 눈썹 검게 보일 때

도로 찾아 듣는
대이파리 잎마다에 부서져

잔잔히 흐느끼는
옷 벗는 당신의 흐느낌 소리
가만가만 삭아드는 한숨의 소리.

한밤중에

한밤중에
까닭 없이
잠이 깨었다

우연히 방 안의
화분에 눈길이 갔다

바짝 말라 있는 화분

어, 너였구나
네가 목이 말라 나를
깨웠구나.

추억의 묶음

꽃이 있기는 있었는데 여기
여린 바람에도 가들거리고
숨결 하나에도 떨리우고
생각만으로도 몸을 흔들던
꽃이 있기는 있었는데 여기

집을 비운 며칠 사이
자취도 없이 사라지고 꽃은
향기로만 남아 흐릿하게
눈물로만 남아 비릿하게
혼자 돌아온 나를 울리고
또 울린다.

달밤

어수룩이 숙어진 무논 바닥에
외딴집 호롱불 깜박이는
산이 내리고

소나기처럼 우는
개구리 울음에
물에 뜬 달이 그만 바스러지다

달밤,

안개는 피어서 꿈으로 가나,
물에 절은 쌍꺼풀눈
설운 네 손톱을,

한 짝은 어디 두고
홀로이 와서
입안에 집어넣고 자근자근 씹어주고 싶은
네 아랫입술 한 짝을,

눈물 아슴아슴
돌아오는 길,

어디서 아득히 밤 뻐꾸기 한 마리
울다 말다 저 혼자도 지치다
나 혼자 이슬에 젖은 어느 밤.

아침의 생각

하늘이 내게 그러실 리가 없다
땅이 또 내게 그러실 리가 없다
숨도 잘 쉬게 해주실 것이고
잠도 잘 깨게 해주실 것이다
분명히 좋은 하루를 마련해주실 것이다

하물며 내가 사랑하는 자
너한테서랴!

초저녁의 시

어실어실 어둠에 묻히는 길을 따라
가긴 가야 한다
귀또리 소리 아파 쓰러진 풀밭을 밟고
새록새록 살아나는 초저녁 별을 헤이며

그대 드리운 쌍꺼풀 눈두덩의 그늘 속으로,
아직도 고오운 옷고름의 채색구름 속으로,

어실어실 어둠에 묻혀 쓰러지는
길을 따라
날마다 날마다 가지만
결국은 다 못 가기 마련인 그대에게로
어실어실 어둠에 묻혀 가긴 가야 한다
어실어실 어둠에 스며 끝내 그대에게만
가기는 가야 한다.

날마다 기도

간구의 첫 번째 사람은 너이고
참회의 첫 번째 이름 또한 너이다.

•• 참으로 안타깝고 놀라운 순간이다. 이런 글들을 읽으면 생각했
다. 사랑에 실패한, 상대를 잊지 못하고 그리워하는 나. 그때마다 나는
멜로드라마의 주인공이 되었다. 시구든, 노래 가사든, 슬픈 사랑의 노
래는 다 내 이야기로 만들어버렸다. 지금의 이별이 아니라면 과거 어
느 시점까지 올라가 기어이 찾아냈다. 이건 내 이야기야.
_네이버 블로그 코치 편희

언제나

네가 있어 좋아

그냥 네가 있어 좋아

웃어도 좋고

웃지 않아도 좋고

말을 해도 좋고

말을 하지 않아도 좋아

네가 있어 좋아

언제나 내 앞에

네가 있어서 좋아.

감사

살아서 숨 쉴 수 있음에 감사
너를 만날 수 있음에 감사
목소리 들을 수 있음에 또다시 감사
사랑할 수 있음에 더욱 감사

하나님한테 용서받을 수 있음에
더더욱 감사.

다짐 두는 말

언제고 오늘처럼 살 수는 없는 일
언젠가는 헤어질 날도 생각해 두어야 할 일
헤어진 뒤 아픔이나 슬픔도
이겨낼 수 있어야만 한다
그날에도 네가 마음의 빛이 되고
길이 된다면 얼마나 좋을까?
스스로에게 물어본다.

풀잎을 닮기 위하여

풀잎 위에
내 몸을 기대어본다

휘청,
휘어지는 풀잎

풀잎 위에
내 슬픔을 얹어본다

휘청,
더욱 깊게 휘어지는 풀잎

오늘은 내 몸무게보다
슬픔의 무게가 더 무거운가 보오.

멀리서 빈다

어딘가 내가 모르는 곳에
보이지 않는 꽃처럼 웃고 있는
너 한 사람으로 하여 세상은
다시 한 번 눈부신 아침이 되고

어딘가 네가 모르는 곳에
보이지 않는 풀잎처럼 숨 쉬고 있는
나 한 사람으로 하여 세상은
다시 한 번 고요한 저녁이 온다

가을이다, 부디 아프지 마라.

추억

목소리 듣고 싶어서 전화했어요
그래, 그 목소리가 참 좋았다

그동안 아무 일 없었나요?
그래, 그 안부가 참 고마웠다

저를 위해서라도 건강하셔야 해요
그래, 옛날에 그런 시절도 있었다.

잠들기 전 기도

하나님
오늘도 하루
잘 살고 죽습니다
내일 아침 잊지 말고
깨워 주십시오.

•• 나태주 시인님의 「잠들기 전 기도」는 우리 모두의 바람일 것입니다. 내일 아침에도 오늘 아침처럼 눈을 떴을 때 이승이기를, 곁 지기를 볼 수 있기를, 늘 정겨운 창밖 풍경을 볼 수 있게 되기를…… 하여 아침 기도를 감사히 올립니다. 이 아침 기도가, 저녁 기도가, 잠들기 전 기도가 영원히 올려질 수 있도록 이 땅에 평화가 정착하기를 간절히 바라옵나이다.

_네이버 블로그 시star

유언시 — 아들에게 딸에게

아들아 딸아, 지구라는 별에서 너희들

애비로 만난 행운을 감사한다

애비의 삶 깊고 가느른 강물이었다

약관의 나이, 문학에의 꿈을 품고 교직에 들어와

43년 넘게 밥을 벌어 먹고살았으며

시인교장이란 말을 들을 때가 가장 좋은 시절이었지 싶다

그 무엇보다도 한 사람 시인으로 기억되기를 희망한다

우렁차고 커다란 소리를 내는 악기보다는 조그맣고 고운

소리를 내는 악기이고 싶었다

아들아, 이후에도 애비의 이름을 기억하는 사람을 만나거든

함부로 대하지 않기를 부탁한다

딸아, 네가 나서서 애비의 글이나 인생을 말하지 않기를 바란다

나의 작품은 내가 숨이 있을 때도 나의 소유가 아니고

내가 지상에서 사라진 뒤에도 나의 것이 아니다

저희들끼리 어울려 잘 살아가도록 내버려두거라

민들레 홀씨가 되어 날아가든 느티나무가 되어 종소리가 되어

사라지고 말든 내버려두거라

인생은 귀한 것이고 참으로 아름다운 것이란 걸
너희들도 이미 알고 있을 터,
하루하루를 이 세상 첫날처럼 맞이하고
이 세상 마지막 날처럼 정리하면서 살 일이다
부디 너희들도 아름다운 지구에서의 날들
잘 지내다 돌아가기를 바란다
이담에 다시 만날지는 나도 잘 모르겠구나.

오솔길

화창한 날씨만 믿고
가벼운 옷차림과 신발로 길을 나섰지요
향기로운 바람 지저귀는 새소리 따라
오솔길을 걸었지요
멀리 갔다가 돌아오는 길
막판에 그만 소낙비를 만났지 뭡니까

하지만 나는 소낙비를 나무라고 싶은
생각이 별로 없어요
날씨 탓을 하며 날씨에 속았노라
말하고 싶지도 않아요

좋았노라 그마저도 아름다운 하루였노라
말하고 싶어요
소낙비와 함께 옷과 신발에 묻어온
숲 속의 바람과 새소리
그것도 소중한 나의 하루
나의 인생이었으니까요.

사람과 사랑과 꽃과

초판 인쇄 2026년 1월 3일
초판 발행 2026년 1월 13일

지은이 나태주
펴낸이 사공훈
편집 김수진
디자인 스튜디오 허브
기획 김명준
경영지원 박종석
제작지원 F83프로젝트
펴낸곳 주식회사 오티디코퍼레이션
출판등록 2023년 9월 19일 제2023-000092호
주소 서울특별시 용산구 대사관로34길 21 영풍빌딩 5층(한남동)
대표전화 070-8822-2412 ㅣ 전자우편 anb_publish@otdcorp.co.kr
ISBN 979-11-989783-5-6 (03810)